这本奇迹童书属于

图书在版编目（CIP）数据
中国百年文学经典图画书．第5辑／冰心等文；郭警等图．
—西安：陕西师范大学出版总社有限公司，2011.4
ISBN 978-7-5613-5529-9
Ⅰ.①中… Ⅱ.①冰… ②郭… Ⅲ.①图画故事-中国-当代 Ⅳ.①I287.8
中国版本图书馆CIP数据核字（2011）第047652号
图书代号：SK11N0431B

丛书主编／黄利　监制／万夏
项目创意／设计制作／**奇迹童书** www.qijibooks.com
总顾问／王林　首席专家／窦桂梅　特约编辑／胡金环
纠错热线／010-64360026-187

中国百年文学经典图画书（第5辑）
小英雄雨来
管桦／文　宗晓丽／图

责任编辑／周宏
出版发行／陕西师范大学出版社
经销／新华书店
印刷／北京市兆成印刷有限责任公司
版次／2011年6月第1版
2011年6月第1次印刷
开本／889毫米×1194毫米　1/16　10印张
字数／22千字
书号／ISBN 978-7-5613-5529-9
定价／64.00元（全五册）

中国百年文学经典图画书

（第五辑）

小英雄雨来

管　桦／文

宗晓丽／图

陕西师范大学出版社

晋察冀边区的北部有一条还乡河，河里长着很多芦苇。河边有个小村庄。芦花开的时候，远远望去，黄绿的芦苇上好像盖了一层厚厚的白雪。风一吹，鹅毛般的苇絮就飘飘悠悠地飞起来，把这几十家小房屋都罩在柔软的芦花里。因此，这村就叫芦花村。12岁的雨来就是这村的。

雨来最喜欢这条还乡河。每到夏天，他就和铁头、三钻儿几个小朋友，像鱼一样，在河里钻上钻下，藏猫猫，狗刨，立浮，仰浮。雨来仰浮的本领最高，能够脸朝天在水里躺着，不但不沉底，还要把小肚皮露在水面上。

雨来12岁的时候，爸爸妈妈把他送进了夜校。在第一堂课上，老师就教他们读：“我们是中国人，我们爱自己的祖国。”雨来学得很认真，跟着女教师一个字一个字地念。

有一天，雨来从夜校回来，躺在炕上念书，念着念着睡着了。不知道什么时候他一睁眼，看见爸爸出外卖席子回来了，好像又要走。可是，爸爸的打扮和平常很不一样：肩上披着子弹袋，腰里插着手榴弹，背着一支步枪。难道爸爸要去打鬼子？只听爸爸小声对妈妈说：“鬼子又要扫荡了，这次要一两个月才能回来，明天你去趟东庄……”

第二天，爸爸走了，妈妈也去东庄了，家里就剩雨来一个人。

快晌午的时候，雨来吃了点剩饭，一边看家，一边趴在炕上念起了书。忽然听见外面有人跑，声音越来越近，窗户纸震得哗哗响。雨来一骨碌跳下炕，把书塞在怀里就往外跑。他刚一迈出门槛，一个人跑来与他撞了个满怀。雨来抬头一看，原来是区上的交通员李大叔，李大叔平时常来雨来家落脚。

随后听见几个日本鬼子叽里哇拉地叫着。李大叔来不及说什么，急忙跑到墙角把一口缸搬开，跳进洞里，对雨来说：“快把缸搬回原地方，对谁也不许说。”

那缸里有半缸糠皮子，雨来人小，费了很大劲儿才把缸搬回原处。这时候，日本鬼子已经闯了进来。

雨来赶紧往
后院跑，鬼子在
后面大声喊道：
“站住！”

雨来没有停
下脚步，一直朝
后院跑去。只听
见子弹向他头上
嗖嗖地飞来。

可是后院没有门，雨来一急，往墙边的一棵桃树上爬去，想跳出院子。鬼子已经追到树底下，伸手抓住雨来的脚，往下一拉，雨来摔在了地上。

鬼子把他两只胳膊向背后一拧，捆绑起来，推推搡搡回到屋里。雨来被鬼子摔倒到屋里。鬼子正在翻箱倒柜，被翻得乱七八糟，连枕头都用刺刀扎破了。一个扁鼻子军官坐在炕沿上，两只老鼠眼直瞅着雨来的胸脯。雨来低头一看，原来是他的课本露了出来。

鬼子军官把书抢了去，给雨来松了绑，用手摸着雨来的脑袋温和地说：“不要怕，书是谁给你的我不管，但是刚才有个人跑进来，你看见没有？”

雨来用手抹了一下鼻子，说：“我什么也没看见！”

扁鼻子军官听了，把书扔在地上，用手去掏口袋，雨来心想，是不是掏刀子？

只见那鬼子军官掏出来来了一把糖块，往雨来的手里一塞，说：“你快说那个八路在什么地方！”雨来没有回答，也没有接那一把糖块。

旁边的一个鬼子兵不耐烦了，抽出刀来要向雨来头上劈。扁鼻子军官拦住了，耐着性子又说道：“我最喜欢小孩了，你快说，看见那个人没有？”

雨来摇了摇头，还是那句话：“我什么也没看见！”

扁鼻子军官发怒了，他凶狠地瞪着眼睛，伸出两只像鹰爪一样的大手，揪着雨来的两只耳朵往两边拉。

然后，又用一只手在雨来的脸上打了两巴掌，还用力拧他的脸蛋儿。雨来的脸白一块，青一块，紫一块，疼痛难忍。

旁边那个鬼子狠狠地朝雨来的胸脯打了一拳，雨来倒退几步，脑袋撞在了墙柜上，但立刻又被拽过来，肚子撞在了炕沿上。

雨来的头昏沉沉的，鼻子也直流血，一滴一滴地溅在他那课本上的两行字上："我们是中国人，我们爱自己的祖国。"

鬼子打累了，雨来还是咬着牙说："没看见！"

扁鼻子军官暴跳如雷，嗷嗷地叫道：“拉出去，枪毙！枪毙！”

几声枪响，划破了天空，随后，周围静了下来，雨来也不见了。

芦花村里的人听到河沿上响了几枪。老人们含着泪，说：“雨来是个好孩子！死得可惜！”“有志不在年高。”芦花村的孩子们，雨来的好朋友铁头和三钻儿几个人，听到枪声都呜呜地哭了。

交通员李大叔在地洞里不见雨来来搬缸，就从另一个地道口钻了出来。屋里屋外，李大叔找不到雨来，跑到街上见很多人都往河边跑，说雨来被鬼子打死了。

李大叔一听，眼泪一下子掉了下来。

可是到了河边，没有看到雨来的尸体，连一滴血也没有。

人们顺着河流去寻找，找了半天也不见踪影，大家都失望了，突然，铁头喊道：“啊！雨来！雨来！”

人们看到，芦苇中，从水面上露出一个小脑袋，像个小鸭子那样抖了抖头上的水，用手抹了一下眼睛和鼻子，嘴里吹着气，喊道："鬼子走了吧？"

大家喜出望外，急忙跑过去，把雨来拽上了岸。

原来，日本鬼子刚要开枪的时候，雨来一头扎进了河里，鬼子朝河里开了几枪，以为雨来被打死了。